EMPEZANDO

I0890171

LOS HELICÓPTEROS

MEG GREVE

CREATIVE EDUCATION • CREATIVE PAPERBACKS

ÍND

ICE

VEO UN HELICÓPTERO.

Sus palas dan vueltas.

Despega directo hacia el cielo.

Pienso que un helicóptero vuela como una libélula.

Sus palas giran como
un ventilador.

Un helicóptero es diferente a un avión. Un helicóptero puede **sobrevolar** sobre un mismo lugar. Puede volar bajo.

Me imagino que soy el piloto de un helicóptero. Aterrizo en lugares pequeños. Rescato a personas en problemas.

¡Vuelo en todas direcciones!

Los helicópteros ayudan a apagar incendios.

Los helicópteros pueden volar sobre volcanes. ¡Un helicóptero podría ser usado para explorar Marte!

¿A dónde iré algún día en un helicóptero?

HAZ UN SONIDO

¡TOCO, TOCO

toco, TOCO!

¿Puedes imitar los sonidos de un helicóptero?

Escucha estos sonidos:

https://www.youtube.com/watch?v=e8BAckZBQZc

¡Ahora te toca a ti!

PALABRAS DE HELICÓPTEROS

palas: Las partes de un helicóptero que dan vueltas para que este pueda volar.

piloto: La persona que conduce un helicóptero o un avión.

rescato: Que salvo a alguien de un peligro.

sobrevolar: Volar encima de algún lugar.

ÍNDICE ALFABÉTICO

PUBLISHED BY CREATIVE EDUCATION AND CREATIVE PAPERBACKS

P.O. Box 227, Mankato, Minnesota 56002
Creative Education and Creative Paperbacks are imprints of The Creative Company
www.thecreativecompany.us

LIBRARY OF CONGRESS CATALOGING-IN-PUBLICATION DATA

Names: Greve, Meg, author.
Title: Los helicópteros / by Meg Greve.
Other titles: Helicopters. Spanish
Description: Mankato, Minnesota : Creative Education and Creative Paperbacks, [2025] | Series: Empezando | Includes index. | Audience: Ages 4-7 | Audience: Grades K-1 | Summary: "Helicopters will introduce budding book learners to a noisy, colorful world with this new Starting Out title, in American Spanish. Colorful photos, labeled diagrams, 'Make a Noise' section, glossary, and more ignite a passion for learning"-- Provided by publisher.
Identifiers: LCCN 2024002883 (print) | LCCN 2024002884 (ebook) | ISBN 9798889894506 (library binding) | ISBN 9781682778678 (paperback) | ISBN 9798889894629 (ebook)
Subjects: LCSH: Helicopters--Juvenile literature. | CYAC: Helicopters. | LCGFT: Instructional and educational works.
Classification: LCC TL716.2 .G7418 2025 (print) | LCC TL716.2 (ebook) | DDC 629.133/352--dc23/eng/20240207
LC record available at https://lccn.loc.gov/2024002883
LC ebook record available at https://lccn.loc.gov/2024002884

DESIGN AND PRODUCTION

Design by Rhea Magaro
Production by Beeline Media and Design
Art direction by Tom Morgan
Translation to Spanish by Base Tres
Printed in the United States of America

PHOTOGRAPHS by Alamy (Keith Levit/First Light), Dreamstime (Paul Prescott), Getty Images (dan_prat, 1001Love, Spondylolithesis Alex Ratson), Shutterstock (EB Adventure Photography, freestore 839, Hintau Aliaksei, kirill_makarov, FCG, Paleka, Photos SS, Bohbeh, Monika Wisniewska, HeliHead)